KB003613

넘치지도 모자라지도 않는

넘치지도
모자라지도
않는

소박한 일상에서 찾은 행복

박재준 글 · 그림

Kyra

p.r.o.l.o.g.u.e

삶은 늘 같은 자리에 멈춰 있는 것 같지만

뒤돌아보면 구불구불한 언덕길을 천천히 오르고 있음을 깨닫게 된다.

감당하기 힘든 상황까지 스스로를 몰아붙인 적이 있었다.

일에 파묻혀 주변을 살피지 못했다.

달이 차고 기우는 것도, 계절이 지나는 것도 알아차리지 못한 채

열심히 살고 있는 나 자신이 뿌듯하기만 했다.

하지만 시간이 갈수록 삶은 단조로워졌다.

그제서야 다른 각도에서 인생이 보이기 시작했다.

외롭고 슬플 때, 힘들고 화날 때 그림을 그렸다.

만년필에 검은 잉크를 찍어 그림을 그리면 기분이 좋아지고 힘이 났다.

기쁘고 행복했던 때를 그리면 그 순간을 다시 한 번 경험할 수 있다.

그림을 그릴수록 내가 원하는 것이 분명해졌다.

달이 둥글게 떠오르는 집에서 동물들과 함께 살아가는 것.
수천 번을 그리고 그리워하다 마침내 3년 전 한적한 마을로 이사를 했다.
새로운 친구와 환경은 내 삶을 천천히, 확실히 바꿔 놓았다.
좀 더 나 자신을 아끼고 환경을 생각하고 세상을 돌아보게 되었다.
사랑하는 고양이 코코, 구구, 콩이와 함께하고 헤어지는 가운데
탄산방울 같은 행복과 슬픔을 받아들이는 법을 배울 수 있었다.
새로운 삶의 언덕을 오르며 생각하고 느낀 일상을
그리고 써서 한 권의 책으로 엮었다.
힘겨운 현실에 지친 독자들에게 잠깐의 휴식 같은 책이 되기를 바란다.
봄, 여름, 가을, 겨울 계절을 잊고 사는 그대에게.

차례

Spring

봄이 오는 신호

날이 따뜻했다 추웠다를 반복하더니 폭우가 쏟아졌다.
생명이 사그라져 버린 듯 거무죽죽했던 가지 끝에
푸릇푸릇한 기운이 돈다.
바람 끝자락에는 날카로움이 사라졌다.
희미한 봄 내음이 코를 간질인다.

봄나들이

이른 봄, 새벽 기차를 타고 나주역에 도착, 금둔사로 향했다.

금둔사는 남도에서 제일 먼저 매화가 피는 곳.

물이 잔뜩 오른 매화나무는 며칠 지나면 만개할 듯했다.

따스한 햇살, 부드러운 대기, 솔솔 부는 바람에 봄 내음이 가득하다.

아름답고 기분 좋은 풍경을 병에 담아 와

의기소침한 날 몰래 열어 볼 수 있으면 얼마나 좋을까?

나를 행복하게
하는 것

봄은 바쁘다

봄이 오면 몸과 마음이 바빠진다.
마당에 있는 그로우백(grow bag, 흙과 비료를 담아 둔 가볍고 튼튼한 주머니)과
화분을 모두 뒤집어서 흙더미를 쌓고 퇴비를 잘 섞어 두었다.
3주 후에 모종을 심을 것이다.
올해는 어떤 것을 심을까?
얼마나 건강하고 예쁜 채소를 만나게 될까?
설레는 마음만큼 분주한 하루가 지나간다.

따뜻한 햇살이 중요해

얼마 전 라넌큘러스 화분을 선물 받았다.
빨강, 노랑, 분홍색 꽃봉오리가 올망졸망 맺혀 있다.
조금 쌀쌀하지만 햇살이 좋은 아침,
채소 모종과 라넌큘러스를 마당에 내놓았다.
한 시간쯤 뒤에 나가 보니 어느새 꽃봉오리가 활짝 피었다.
역시 꽃에는 따뜻한 햇살만 한 것이 없나 보다.
사람도 마찬가지. 햇빛을 쬐고 바람을 느끼는 시간이 필요하다.

봄이네, 알이네

우리 집에서 봄날 가장 부지런한 친구는 재래 닭이다.
겨우내 추위를 이겨낸 닭이 알을 낳기 시작하면 식탁은
맛있는 달걀 요리로 풍성해진다. 페스코 채식주의자
(우유, 달걀, 어류는 먹는 채식주의자)인 나에게는 정말 고마운 일이다.
보답으로 배춧잎이나 벌레를 잡아 먹이곤 한다.
얘들아, 조금만 기다려.
텃밭에서 갓 딴 싱싱하고 맛있는 채소 특식을 대접할게!

파머스 마켓

채식을 시작한 후 유기농이나 토종 작물에 더욱 관심을 갖게 되었다.
소풍 가는 기분으로 주말에 열리는 파머스 마켓에 간다.
신선한 제철 농산물은 물론 맛있는 음식, 앙증맞게 피어난 꽃,
지역 작가의 예술작품을 만날 수 있다.
판매자도 구매자도 모두 환한 얼굴.
에코백을 주렁주렁 메고 돌아오는 길, 발걸음이 가볍다.

버섯 정리

시장에서 왕창 사 온 버섯은 제대로 보관하지 않으면 금세 상해 버린다.
우선 버섯을 잘 씻어 채반에 받쳐 하루를 말린다.
말린 버섯은 잘게 찢어서 좀 더 말린다.
그리고 비닐 봉지에 넣어 냉동 보관하면 파스타나 국물 요리,
볶음 요리를 할 때 요긴하게 쓸 수 있다.
냉장고에 버섯만 있어도 이런저런 요리를 꽤 오랫동안 해 먹을 수 있다.

세상을 바꾸는 경험,
반려동물

동물 가족과 함께하면서 일상의 모든 것이 달라졌다.
아침 일찍 일어나 밥을 챙기고 집을 깨끗이 청소한다.
며칠씩 집을 비우는 일은 거의 없다.
생활이 바뀌니 세상을 보는 눈도 변했다.
환경에 신경을 쓰고 남을 돌아볼 마음의 여유가 생겼다.

삶에서 가장 중요하다고
생각하는 것

개를 기르는 건
유행이 아니야

이상한 말이지만, 떠돌이 개도 유행을 탄다.
동네를 걷다 보면 몇 년 전 인기를 끌던 종의 떠돌이 개가 이따금 보인다.
유행에 따라 개를 키우다 한적한 동네 어귀에
슬쩍 놓고 가는 사람들 때문이다.
방송에서 어떤 종류의 강아지가 인기를 끌면
'내후년엔 저 아이들인가……'라는 생각에 쓸쓸해진다.

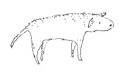

비닐을
쓰지 않을 순
없지만

이래저래 쌓인 비닐봉지는 짝꿍에게 쪽지를 보낼 때처럼
고이 접어 보관한다.
작게 접어 깔끔하게 모아 뒀다가 필요할 때 쏙쏙 빼어 쓴다.
하지만 되도록 비닐봉지를 쓰지 않으려 노력하여
몇 가지 물건은 그냥 들고 오는 습관이 들었다.

꽃보다 사람

좋은 사람은 자연을 닮았다.
봄 햇살처럼 따스한 사람,
여름밤 달빛처럼 설레는 사람,
시원한 가을 바람 같은 사람이 있다.
좋은 사람을 만나면 나도 모르게 신이 나서 떠들어 댄다.
좋은 에너지를 나누고 행복하게 돌아오는 길,
'사람이 꽃보다 아름다워' 노래가 절로 흘러나온다.

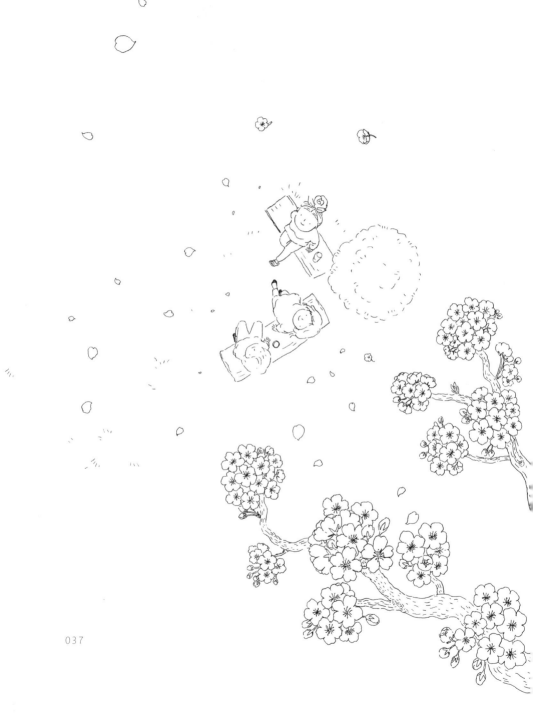

나와 주변
사람들을
자연에
비유해
본다면?

갑자기 제주

작은 가방에 스케치북과 지갑만 챙겨 훌쩍 나선 당일치기 제주 여행.
천백고지 습지를 둘러본 후 가까운 수목원에서 한숨 돌렸다.
연둣빛 늦봄의 나무를 보며 보온병에 담아 온 커피를 마시자니
몇 시간 전 비행기를 타고 이곳에 온 것이 아득히 먼 일처럼 느껴졌다.
느릿느릿 흐르는 시간 속에 수선거리던 마음이 잔잔해졌다.

여행을 떠나고
싶은 곳

직접 만들어 쓰는
청소 스프레이

향이 강한 세제를 쓰면 머리가 띵하고 코가 찡하게 아프다.

사람도 이렇게 예민해지는데 동물들은 더 힘들지 않을까?

그래서 알코올과 물을 1대1 비율로 섞어

청소용 스프레이를 직접 만들었다.

고양이 구구가 흘린 오줌이나 지저분한 것이 묻었을 때

칙칙 뿌려 두었다가 닦는다.

전기레인지에 튄 기름때도, 냉장고의 손자국도 말끔해진다.

기다리는 즐거움

예전에는 당일 배송을 해 주는 온라인 서점을 이용했지만
요즘은 동네 작은 책방 '땅콩문고'를 애용한다.
한쪽 구석에 앉아 책을 읽거나 담소를 나누는 사랑방 같은 공간.
찾는 책이 없으면 주문을 해 놓고 며칠 뒤에 찾으러 간다.
조금 불편해도 하루하루 손꼽아 기다리는 재미가 쏠쏠하다.

모든 일에 최선을
다할 필요는 없지

어린 시절 백 미터 달리기를 제일 못했다.

하지만 참는 것은 자신 있으니 오래 달리기를 잘해 보자고 마음 먹었다.

그래서 지금도 8킬로미터쯤은 무난히 뛸 수 있다.

모든 것을 다 잘할 수는 없지만

누구나 한두 가지 잘하는 일이나 좋아하는 일이 있다.

좋아하는 일을 꾸준히 하다 보면

분명히 성취감을 느끼는 순간이 온다.

사는 게 즐거워진다.

내가 잘하는 일

화난 마음을 표현하는 주문
"짜파게티!"

'짜증 난다'는 말은 보기만 해도, 듣기만 해도, 생각만 해도 짜증이 난다.
글자 모양마저 어쩜 이럴까? 짜증 난 내 마음도 문제지만
이런 기분이 옆 사람에게 전달되면 짜증 용량은 두 배 세 배로 불어난다.
그렇다고 아무런 표현을 하지 않을 수는 없기에 나만의 말을 만들었다.
언니한테 화가 났을 때 "언니, 오늘 정말 짜파게티야!"라고 말한다.
서로 깔깔 웃어 넘기고 나면 뾰족해진 마음이 부드러워진다.

화를 푸는 나만의 방법

기분 좋게 칭찬하기

사촌이 땅을 사면 배가 아프다.
가까운 사람의 행복을 진심으로 기뻐하는 것은
당연하지만 어려운 일이다.
넌 해낼 줄 알았어, 대단해, 멋져, 축하해!
기분 좋게 축하 인사를 건네면 도리어 내 마음이 풍성해진다.
마음이 외롭지 않으려면 먼저 마음을 활짝 열어야 한다.

안심한 길고양이들

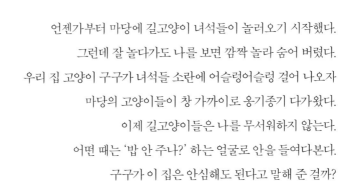

언젠가부터 마당에 길고양이 녀석들이 놀러오기 시작했다.
그런데 잘 놀다가도 나를 보면 깜짝 놀라 숨어 버렸다.
우리 집 고양이 구구가 녀석들 소란에 어슬렁어슬렁 걸어 나오자
마당의 고양이들이 창 가까이로 옹기종기 다가왔다.
이제 길고양이들은 나를 무서워하지 않는다.
어떤 때는 '밥 안 주나?' 하는 얼굴로 안을 들여다본다.
구구가 이 집은 안심해도 된다고 말해 준 걸까?

청소는 습관

동물들과 함께 살면서부터 집을 지저분하게 놔둘 수가 없다.
고양이 구구는 호기심이 많아 바닥에 떨어진 것을 주워 먹기 일쑤다.
또 아무렇게 벗어 둔 옷 속에 들어가 자다 오줌이라도 흘리면
일이 두 배 세 배 커진다.
그래서 집을 깨끗하게 유지하는 습관이 생겼다.
습관처럼 치우다 보니 힘 들이지 않고 집을 관리할 수 있다.
구구도 자기가 쉴 수 있는 장소가 어디인지
먹어도 되는 것이 어디에 있는지 알 수 있으니 일석이조다.

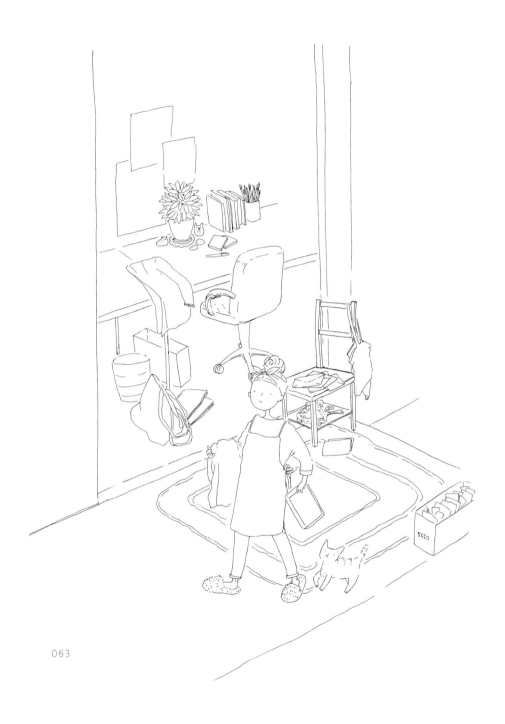

식초는 만능

여름날 웬만해서는 에어컨을 틀지 않는다.
앞뒤 문을 활짝 열어 두면 바람이 잘 통해 찜통 더위도 견딜 만하다.
대신 작은 흙 알갱이나 먼지가 집 안에 꽤 쌓인다.
먼지 쌓인 마룻바닥을 밟는 느낌이 영 찝찝할 때는
걸레 헹구는 물에 식초를 몇 방울 섞는다.
식초 물로 헹군 걸레를 꼭 짜서 닦으면 바닥이 뽀드득해진다.
깨끗하고 반질반질해진 바닥이 상쾌하고 개운하다.

나의 좋은 습관,
나쁜 습관

나답다는 것

친구들은 우리 집에 와 보고는 딱 '나 같은 집'이라고 말한다.

엉망인 듯하지만 정리가 되어 있고

규칙이 없는 것 같으면서도 은근히 지켜야 할 게 있다는 의미란다.

없는 게 많아 불편하기도 하지만

한없이 있을 수 있을 것만 같은 공간이라고.

내가 좋아서 사는 집을 있는 그대로 받아들여 주는 친구들이 참 고맙다.

내 삶의 주인공

우리는 우주를 구할 순 없어도
자신의 삶은 마음 먹은 대로 움직일 수 있다.
내가 무슨 일을 할지 말지를 결정할 수 있는 사람은 오직 나 자신이다.
그러므로 말 한마디를 하더라도
내가 우주의 중심이라는 마음을 가져야 한다.
나에게는 내가 가장 중요한 존재니까.

매일 모닝커피 마시듯
화내지 않도록

매일 출근하자마자 코끼리처럼 소리를 지르며 화내던 부장님이 있었다.

아침마다 직원들은 그 분노를 고스란히 받아냈다.

부장님이 왜 화를 내는지 모른 채

죄지은 얼굴을 해야 했던 아침 회의는 재미 없는 서커스 같았다.

그 후 나 또한 이유 없이 화내고 있지는 않은지 종종 돌아 보게 되었다.

습관처럼 화내지 않도록.

주말은 쉽니다

"주말엔 바쁜가 봐?" 친한 선배가 물었다.
주말 동안 SNS를 하지 않으니 어떻게 지내는지 도통 알 수 없다는 것이다.
타인과 일상을 공유하는 것보다 온전히 주말을 즐기는 게 더 중요하다.
만족스러운 시간을 보내고 나면 '좋아요'가 없어도 전혀 허전하지 않다.

윤동주와 장마,
그리고 쇼팽

쏴-철썩! 파도 소리 문실에 부서져
잠 살포시 꿈이 흩어진다.
…….

여름밤, 후두둑 떨어지는 빗소리를 들으며 필사를 한다.
습기를 머금은 종이에 아끼는 만년필로 글을 쓰면 마음이 차분해진다.
짙은 잉크 향이 시인의 숨결을 따라 퍼져 나간다.

마음에 와닿는 시

개구리 선생

더위를 식히려 마당에 물을 뿌리는데 돌확에서 뭔가 폴짝 뛰어나왔다.
잘못 본 듯했으나 며칠 후 손바닥만 한 개구리가 헤엄치는 것을 발견했다.
길고양이도 자주 들락거리고 참새나 뱀도 있는데 어떻게 살아남았을까?
돌확에서 목욕을 하던 개구리 선생, 올해도 만날 수 있겠지?

시든 야채 이별식

냉장고를 여니 쓰고 남은 자투리 식재료가 곳곳에 숨어 있다.
몇 달 전 친구가 준 피클, 시들시들해진 양파와 파, 싹이 나려는 마늘.
소금물에 파스타를 삶는 동안,
팬에 기름을 두르고 마늘과 파, 양파를 볶는다.
냉동실에 보관한 버섯 한 줌도 같이 볶다가
적당히 익은 파스타를 넣어 잘 섞어 준다.
후추와 소금, 허브, 오일로 풍미를 살려 예쁜 접시에 담으면 끝.
피클도 마늘도 양파도 모두 오늘로 이별이다. 안녕!

생각하고 그리면
가까워진다

일에 파묻혀 몸과 마음이 지쳐가던 때
은은한 달빛이 들어오는 집에서 밥을 먹고 음악을 듣는 꿈을 꾸었다.
풀벌레 소리가 들리는 작은 집으로 이사를 한 늦여름,
보름달 아래 앉아 있자니 입가에 웃음이 번진다.
거창한 꿈이 아니어도 좋다.
단번에 완벽하게 이루어지기를 바라지도 않는다.
꿈을 향해 한 걸음 한 걸음 나아가는 것으로 충분하다.

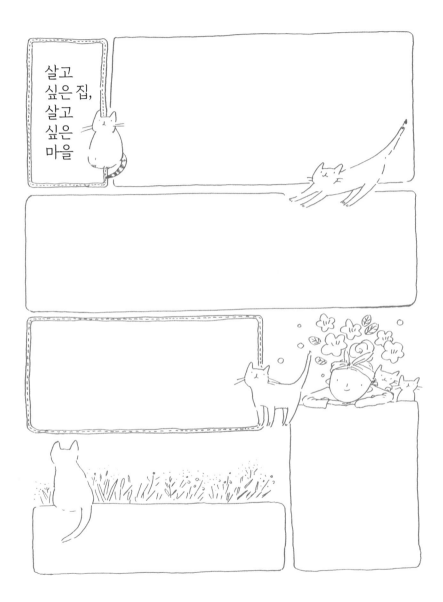

살고
싶은 집,
살고
싶은
마을

연꽃밭에서

바람이 분다. 커다란 초록색 연잎이 너울댄다.

지렁이와 달팽이

꺼림칙하게 여겨지던 지렁이가 이제 반갑기만 하다.
온갖 벌레와 지렁이, 달팽이는 우리 집 닭이 제일 좋아하는 먹이.
여름 텃밭을 위협하는 잡초와 벌레를 닭이 싹싹 해결해 주니
농사일이 한결 수월하다.

한여름 밤의 요리회

하얀 박꽃이 피어난 여름밤.

더위가 살짝 수그러든 마당에서 식사를 준비한다.

한련화와 삼색 제비꽃을 넣은 모짜렐라치즈 샐러드와 구운 야채가

오늘의 메뉴. 가지와 이런저런 야채를 넓적하게 썰어 무쇠 팬에 굽는다.

빵 두 조각을 구워 버터와 살구 마멀레이드를 곁들인다.

블루베리를 넣은 얼음 동동 탄산수에는 민트 잎을 띄워 본다.

때맞춰 길고양이도 저녁을 먹으러 들렀다.

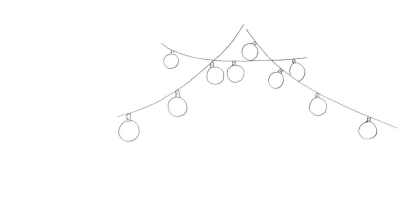

가장
좋아하는 음식,
위로가 되는 음식

우리는 매일 늙고 있지

하루하루 얼마나 나이 들고 있는지 가늠하는 건 쉽지 않다.
하지만 스트레칭을 해 보면 내 몸이 늙어가고 있음을 확실히 느낄 수 있다.
다리를 쭉 뻗고 허리를 숙여 손으로 발바닥 잡는 자세를 하면
뼈와 근육이 비명을 지른다. 우두둑 소리가 나고 뻐근한 통증이 밀려온다.
아침에 일어나서 또는 잠자기 전에 가볍게 스트레칭을 하고 기분 좋은 일을
떠올린다. 이런 간단한 방법만으로 하루가 바뀐다

일류와 삼류

삼류이고 싶은 사람은 없다. 모두 일류가 되기를 원한다.
사회적, 경제적으로 성공을 이룬 사람이 아니라
인간적으로 성숙한 사람이야말로 일류가 아닐까?
모든 일에 끝까지 노력하고 남에게 책임을 미루지 않고
기꺼이 주변 사람을 돕는 마음.
그런 마음을 키워 가고 싶다.

하고 싶은 일은
성실하게 한다

무언가를 배우거나 이해하는 게 느린 편이다.
하지만 느리더라도 하고 싶은 일은 지치지 않고 계속 해 나간다.
그러다 보면 나도 모르는 새 씨줄과 날줄이 차곡차곡 얽힌 듯
의외로 좋은 결과가 생길 때가 있다.
큰 선물을 받은 듯 기분이 좋아진다.
물론 매번 그런 선물을 받는 것도, 그것을 기대하는 것도 아니다.
좋아하는 일을 하는 것이 즐거울 뿐이다.
소소하게 농사짓는 것에 빠져드는 건 이런 성격 덕분일까?

미뤄 두었지만
꼭 배우고 싶은 것

신나게 싸우자!

신념을 가지고 시작했지만 예상보다 오래 걸리는 경우가 많다.
어렵고 힘든 과정에서 지치고 상처를 받기도 한다.
무엇보다 마음을 편하게 먹고 한 발 한 발 나아가는 게 중요하다.
즐겁게, 멋지게, 신나게 걸어 나가 싸우자.

계절을 느끼며 사는 것

자연 가까이 살면서 처음 알게 된 것이 많다.

달이 떠오르는 때

한여름 뜨거운 바람이 시원해지는 순간

가을밤 풀벌레 소리를 들으며 마시는 꽃차 한 잔의 풍류

펑펑 쏟아지는 눈이 세상의 모든 소리를 집어 삼킨 고요한 겨울밤.

계절의 변화를 느끼며 사는 것은 얼마나 행복한가.

가장 좋아하는 계절

나를 사랑하는 방법

독립하고부터 계속 냄비에 밥을 지어 먹는다.
혼자라도 정성껏 밥상을 차리고 천천히 음미하며 먹는다.
다 먹은 후에는 잠시 쉬었다 설거지를 한다.
그릇을 마른 수건으로 잘 닦아 찬장에 넣는 것까지
이 모든 게 식사의 일부다.
좋은 쌀과 식재료로 차린 소박한 밥상이야말로
나 자신을 아끼는 방법이다.

야채 꽁다리

야채를 다듬고 남은 꽁다리나 껍질.
버리기는 아깝고
그대로 먹을 수는 없는 것을 모아 푹 끓인다.
그렇게 우린 물로 밥을 짓거나 국을 끓이면 깊은 맛이 난다.
자연에는 쓸모 없는 게 없다.
조금만 궁리하면 버리는 것 없이 모두 사용할 수 있다.

그림이 있는 삶

이사를 하며 그림을 한 점 구입했다.
어릴 때부터 알고 지낸 화가 아주머니의 작품.
그림이 도착한 날 비워 둔 하얀 벽에 그림을 걸었다.
어울리는 음악을 트니 마치 갤러리에 온 듯하다.

좋아하는 화가와 그림

잘 노는 연습

느긋한 삶이라면 그저 편안히 지내면 될 것 같지만 사실 쉽지 않다.
일 중독에 가까웠던 나 같은 사람에게는 더욱 그렇다.
"오늘 하루 잘 살았다!"라고 스스로 만족할 수 있는 생활을 찾아가야 한다.
잘 노는 데도 연습이 필요하다.

다음에 다시 살 물건은
사지 않아

이사 온 지 3년이 넘었지만 아직 우리 집에는 소파가 없다.

집에 딱 어울리는 소파를 찾지 못했기 때문이다.

부엌 용품도 다 갖춰지지 않았다.

해외 여행에서 사온 과일 포크에 어울리는 스푼을 내내 찾지 못하다

최근에 겨우 알맞은 짝을 구했을 정도다.

물건을 살 때마다 '할머니가 될 때까지 쓸 수 있을까?'를 고민한다.

그래야 나와 내 공간에 어울리는 물건을 살 수 있다.

지구 환경도, 나 자신도 생각하는 좋은 소비를 하고 싶다.

할머니의 물건

우리 집에는 할머니께 물려받은 물건이 몇 가지 있다.

개다리소반, 재봉틀, 다듬잇돌, 쌀뒤주, 놋그릇, 자그마한 채반 등.

요즘 것보다 훨씬 예쁘고 쓰임새도 좋다.

기술도 장비도 뒤처졌을 옛날에

어쩜 이렇게 꼼꼼하고 단단하게 만들었을까?

묵묵히 주어진 일에 땀 흘리던 장인,

그리고 좋은 물건을 소중하게 아끼고 사용하는 사람들.

물건을 만들고 쓰는 것은 삶을 대하는 태도와 닮았다.

소중하게
아끼는 물건

해와 바람

어릴 때 읽은 해와 바람의 대결 이야기를
어른이 되고 나서야 더 깊이 이해하게 되었다.
상대를 강한 힘으로 압도하는 것보다
부드러운 미소로 다가가는 것이 훨씬 멋진 일이라는 것.
해님처럼 따스하고 넉넉한 사람이 되어야지.
아름다운 표정으로 향기로운 말을 할 줄 아는 어른이 되고 싶다.

스테인리스 냄비 관리

주방 용품에는 나무와 스테인리스 재질이 많다.
스테인리스는 잘 관리하면 오래오래 쓸 수 있다.
스테인리스 냄비는 초록 수세미 대신 철 수세미나 아크릴 수세미로
베이킹소다와 물, 세제를 조금 섞어 닦는다.
음식이 타서 까맣게 된 바닥은
물에 식초를 넣어 보글보글 끓인 후 꼼꼼히 닦는다.
심심한 주말에 주방 기구를 꺼내 닦고 나면
한동안 걱정 없이 쓸 수 있어 뿌듯해진다.

친구 사귀기

어느새 구구는 마당에 놀러오는 길고양이들과 친해졌다.

머리로 방충망 문을 요리조리 밀어 열고 친구들과 놀러 나간다.

한동안 보이지 않아 찾아 나섰더니 자동차 밑에 옹기종기 숨어 있다.

맛있는 간식으로 꾀도 꿈적하지 않는다.

고양이도 사람도 친구가 좋은가 보다.

사랑할수록
더 잘 해야 한다

사랑하는 사람일수록 상처를 주기 쉽고 사과하기는 어렵다.
마음이 상한 엄마에게 어떻게 사과해야 할지 한참 고민했다.
용기를 내어 잘못했다고 말씀드리고 마음속 이야기를 털어놨다.
"괜찮다, 고맙다"는 엄마의 말씀에 눈물이 왈칵 쏟아졌다.
어느덧 어른이 되어 버린 딸이 엄마 역시 낯설지 모른다.
그래도 가족이니까, 사랑하니까 서로 이해하려 노력하는 것이다.
엄마를 더 사랑하게 된 오늘, 해피 엔딩이다.

사랑하는
사람에게
전하고
싶은 말

유치원 때의 나,
지금의 나

"단추를 똑바로 잠그지 못한다."

유치원 때 받은 알림장에서 선생님이 써 준 글이 눈에 들어왔다.

어른이 되어서도 나는 여전히 단춧구멍을 어긋나게 끼우곤 한다.

위나 아래로 단추 하나가 남는 것이다.

어떤 것은 평생 변하지 않는다는 게 재미있다.

그만둬도 괜찮아

크고 멋진 꿈을 위해 퇴사한 게 아니었다.

절망과 배신감으로 벼랑 끝에 서 있는 듯 피폐한 상태였다.

내 손으로 사표를 냈지만 무엇을 어떻게 해야 할 지 알 수 없었다.

하지만 이제 말할 수 있다.

회사를 그만둬도 세상은 끝나지 않는다.

즐겁게 일할 수 있는 곳이 어딘가에 있을 것이다.

찾을 수 없다면 스스로 만드는 건 어떨까?

나는 그렇게 회사를 차렸고 상상도 못한 일이 펼쳐졌다.

나를 응원하는 연습

고민이 쌓여 어깨를 짓누르면 점점 쪼그라든다.
한없이 작아지는 나를 어떻게 응원해야 할까?
정성껏 세수를 하고 거울 앞에 서서 미소 짓는 연습을 해 본다.
"정말 잘 하고 있어! 예뻐! 훌륭해!"
먼저 나 자신을 사랑하자.
열심히 사는 나를 칭찬해 주자.

나의 장점

마지막 수확

넝쿨 곳곳에 숨은 방울 토마토와
늙은 오이를 싹 거뒀더니 두 광주리를 가득 채웠다.
봄부터 가을까지 긴 시간만큼
많은 이야기가 방울방울 열매를 맺었다.
올 한 해 고마웠어.
내년에도 잘 부탁해.

행복한 월요일

월요일에 대한 부담을 피할 순 없지만
기분을 전환하는 나름의 방법이 있다.
일요일 밤 잠들기 전
그리고 월요일 아침에 일어나서 이렇게 말하는 것이다.
"두고 봐, 이번 주는 정말 행복할거야!"

하기 싫은데 하고 싶은 일

그림 그리기는 좋아서 하는 일이지만 종종 힘이 든다.
크게 그리거나 세부에 너무 욕심을 내다 보면
그리면서 마음이 복잡해진다.
손과 어깨, 허리가 아프고 눈도 침침해진다.
'그만할까?' 하는 마음이 불쑥불쑥 솟아나지만
그림이 완성되어 갈수록 더 잘하고 싶어진다.
사람의 마음이란 참 알 수 없다.

가을이 깊어 간다

하루가 다르게 공기가 서늘해지고 나뭇잎이 붉게 물든다.
이제 조금 있으면 풀벌레 소리도 들리지 않겠지.
깊어가는 흙 내음 속에 아쉬운 가을볕이 저문다.

두부부침과 황태국

스산한 가을 저녁에는 따끈하고 푸짐한 음식을 준비한다.
황태채를 참기름에 달달 볶다 물을 붓고 국간장, 파를 넣어 끓인다.
국물이 뽀얗게 우러나면 두부를 넣고
소금과 마늘, 후추를 더하면 황태국 완성.
남은 두부는 면포에 넣어 물기를 짜 놓고 파프리카, 고추, 당근 등
채소를 잘게 썰어 섞은 후 동그랑땡 모양으로 부친다.
무쇠솥에 햅쌀로 갓 지어낸 밥과 같이 먹으면
헛헛한 마음까지 채워지는 듯하다.

Winter

이런 아침이 좋아

새벽녘 구구와 함께 누워 있는 시간을 좋아한다.
서로 이마를 맞대고 가만히 시간을 보낸다.
구구는 골골 소리를 내다가 앞발로 내 볼이나 턱을 살짝 만진다.
꼭꼭 숨겨 두고 싶을 만큼 소중하고 행복한 순간.

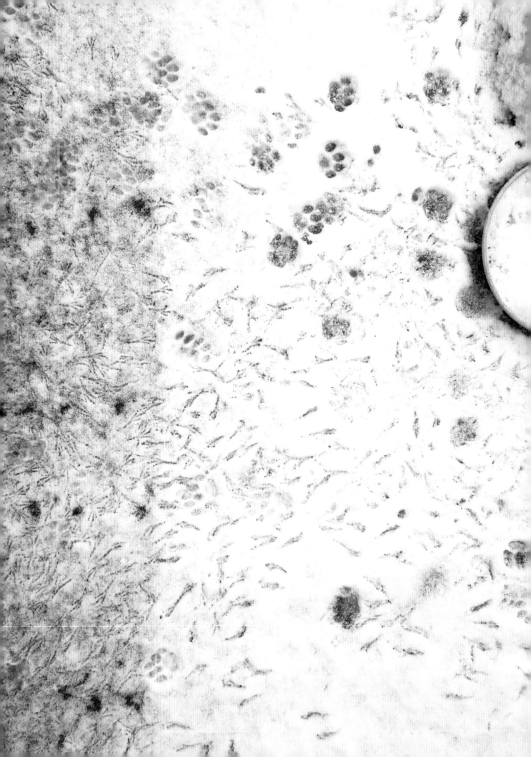

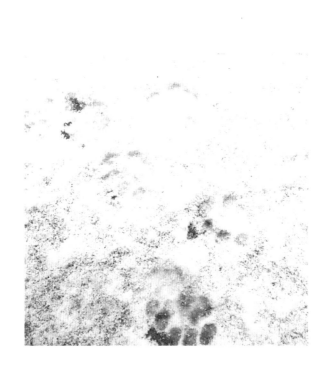

모닝커피

아침에 일어나 커피 한 잔을 마시는 습관이 있다.
발코니에서 어젯밤 고양이가 몇 마리 왔다 갔는지 헤아려 본다.
참새와 까치가 날아와 물을 마시는 모습을 바라본다.
커피 향과 아침 햇살이 가득한 창가에서 하루를 시작한다.

겨울에는 라따뚜이

찬바람이 불면 라따뚜이를 준비한다.
호박, 가지, 양파, 파프리카를 큼직하게 썰어 두고
오일을 넉넉히 두른 팬에 먼저 마늘을 볶는다.
마늘이 알맞게 익어 향이 올라오면
양파, 토마토, 호박, 가지 순으로 넣고
허브와 소금, 후추, 올리브 잎을 더한다.
그리고 나서 한 시간 정도 약불로 푹 끓이면 끝.
빵과 치즈, 밥과 함께 먹으면 초기 감기쯤은 쑥 떨어진다.

스웨터

촌스러워 보일지 몰라도 낡은 스웨터를 입는 것을 좋아한다.
언니가 물려준 양모 스웨터, 할머니가 직접 뜨개질한 조끼 스웨터,
십 년 동안 입고 또 입은 친구 같은 스웨터.
추억이 담긴 스웨터를 입을 때면 보고 싶은 사람이나
듣고 싶은 음악이 생각나기도 한다.
털실 짜임마다 소중한 이야기가 걸려 있다.

하루 중
가장 행복한
시간

나 이런 사람이야

나이가 들수록 대화는 왕년에 얼마나 잘 나갔는지
어떤 유명한 사람과 알고 지내는지
아니면 다른 사람을 헐뜯는 이야기로 대부분 흘러간다.
재미 있을 때도 있지만 안쓰럽기도 하다.
최근에 즐거웠던 일, 요즘 빠져 있는 취미,
새로 배우기 시작한 것을 이야기할 수 있는 삶을 살고 싶다.
내 인생을 밝혀 주는 것은 남의 이야기가 아니니까.

독립해야 어른이 된다

나이가 들면 저절로 어른이 되는 줄 알았는데
독립을 해 보니 그게 아니었다.
분리수거부터 세금을 내는 것까지 오롯이 내 몫이다.
아무리 지쳐도 할 일을 해야 하고, 아프면 스스로 챙겨야 한다.
이렇게 어른이 되어 가는 거였다.

나를 깊이 들여다보기

가만히 나를 들여다보는 시간이 필요하다.

나 자신에게만 집중하는 것이다.

이불을 돌돌 말고 누워 책을 읽거나

마당에서 멍하니 하늘을 바라보는 것도 좋다.

매일 조금씩 내가 더 좋아지고 더 나은 사람이 될 것만 같다.

별 헤는 밤

별이 유난히 반짝이던 어느 겨울밤.
별 하나에 추억, 별 하나에 사랑,
별 하나에 아름다운 말 한마디씩을 부르던 시인을 떠올렸다.
눈 깜빡이기조차 아까울 정도로 아름답던 별빛은 꿈이었을까?
그 밤의 별을 생각하며 하늘을 본다.
별들아, 매일 밤 고마워!

언젠가
이루고 싶은
꿈과 목표

미움 받을 용기

세상 사람 모두가 나를 사랑하면 어떨까?

상상할 수 없을 만큼 피곤하지 않을까?

'내가 마음에 안 드는 사람도 있겠지'라고 생각하면 마음이 편해진다.

미움 받으면 어때? 나를 미워하느라 신경 쓰는 저 사람이 힘들겠지.

좋아하는 사람에게 진심을 다하기도 바쁘다.

바닥에 닿을 때까지
기다려

우울한 일이 연이어 일어날 때가 있다.
나쁜 기운을 모조리 끌어 당기는 자석이 된 것 같다.
이럴 때는 잠시 쉬어 가는 편이 낫다.
가만히 상황을 지켜보고 바닥에 닿기를 기다린다.
참는 것은 불안하고 무섭지만 기회는 반드시 온다.
그리고 바닥에 닿으면 힘차게 뛰어오른다.

한겨울 고궁 산책

눈 오는 날 고궁은 그림 속에 들어온 듯 신비롭다.
온통 새하얗게 변한 세상, 궁궐에는 고요함이 내려앉는다.
뿌드득뿌드득 발자국 소리만 귓가를 울린다.

내가 가장 좋아하는 장소

꿈을 이루는 할머니

어린 시절 나에게는 두 가지 꿈이 있었다.
디자이너가 되는 것과 은퇴 후 아프리카에 가서
제인 구달 박사처럼 동물 보호 운동을 하는 것.
운 좋게도 디자이너의 꿈은 이루었으며
다른 꿈은 여전히 마음속에 간직하고 있다.
몸이 좋지 않은 구구를 키우며 매일 대소변을 받다 보니
꿈을 향해 한 발씩 다가가는 연습일지도 모른다는 생각이 든다.
구구와 함께 고맙고 소중한 하루가 지나간다.

오늘은 하고 싶은 말
다 해버리겠습니다

하루 중 많은 시간을 보내는 직장에서
까칠한 사람으로 찍히면 무척 성가시다.
그렇다고 무난하게 지내고자 마냥 참고만 있을 수도 없다.
서운한 마음, 상처 입은 마음이라면 원인과 결과로써
정확하게 이야기하는 것이 좋다.
앞으로 어떻게 하고 싶은지 깊이 생각해 볼 기회가 되기도 한다.

독서의 조건

책을 읽을 땐 고양이와 쿠션은 많을수록 좋다.

제일
좋아하는 책, 감동을 준 책

매년 발전하고
있습니다

계절이 바뀔 때마다 해야 할 일이 이렇게 많을 줄 몰랐다.
눈이 오면 골목에 눈을 치워야 하고 비가 많이 내리면
처마 홈통의 물이 잘 내려가는지 살펴야 한다.
풀과 낙엽 정리도 직접 하다 보니 이제는 전문가가 다 되었다.
시간이 허투루 흐르는 것은 아닌 모양이다.

구구

삶은 행복과 절망 그 사이 어딘가 위치하는 것 같다.

행복한 만큼 가슴 아픈 일도 있다.

구구가 세상을 떠났다.

말로 할 수 없을 정도로 슬프고 힘든 시간이었다.

그래도 멍하니 울고 있을 수만은 없었다.

호기심 넘치고 정 많은 구구가 걱정할지도 모르니까.

대신 구구를 향한 그리운 마음을 담아 그림을 그렸다.

내 인생을 바꿔 놓은 고양이.

안녕, 구구!

사랑해.

안녕.

 e.p.i.l.o.g.u.e

인연이란 참 신기하다.

삶에 대한 생각이 바뀌고 생활이 달라지면서

상상도 못했던 사람들과 만나게 되었다.

새로운 이야기가 켜켜이 쌓여 무지개 빛깔로 펼쳐졌다.

작은 인연을 소중히 하고 싶다.

누군가 힘들 때 손을 내밀어 주고

다정한 말 한마디를 건네는 사람이 되고 싶다.

좌충우돌 실수투성이여도 괜찮다.

꿈꾸고 노력하는 하루하루가 삶을 더 풍요롭게 만들어 간다.

넘치지도 모자라지도 않는

1판 1쇄 펴냄	2018년 7월 16일
글·그림	박재준
출판등록	제2009-000281호(2004.11.15)
주소	03691 서울시 서대문구 응암로 54, 3층
전화	영업 02-2266-2501 편집 02-2266-2502
팩스	02-2266-2504
이메일	kyrabooks823@gmail.com
ISBN	979-11-5510-063-9 03810

ⓒ박재준, 2018
이 책의 저작권은 저자에게 있습니다.
저작권법에 의하여 보호를 받는 저작물이므로 무단 전재와 복제를 금합니다.

Kyra

키라북스는 (주)도서출판다빈치의 자기계발 실용도서 브랜드입니다.